Coordinación de la Colección: Daniel Goldin
Diseño: Arroyo+Cerda
Dirección Artística: Rebeca Cerda

A la orilla del viento...

Primera edición en inglés: 1985
Primera edición en español: 1992
Segunda edición: 1995
   Octava reimpresión: 2003

Elizabeth
Shaw

traducción de
Cecilia Olivares Mansuy

Título original:
The Little Black Sheep

© 1985, Elizabeth Shaw (texto e ilustraciones)
Publicado por The O'Brien Press Ltd., 20 Victoria Road, Rathgar, Dublín
ISBN 0-62278-102-7

D.R. © 1992, FONDO DE CULTURA ECONÓMICA, S.A. DE C.V.
D.R. © 1995, FONDO DE CULTURA ECONÓMICA
Av. Picacho Ajusco 227; México, 14200, D.F.
www.fondodeculturaeconomica.com
Comentarios y sugerencias: alaorilla@fce.com.mx

ISBN 968-16-4712-2 (segunda edición)
ISBN 968-16-3951-0 (primera edición)

Impreso en México • Printed in Mexico

ovejita negra

FONDO DE CULTURA ECONÓMICA
MÉXICO

❖ HABÍA una vez un pastor
que vivía muy lejos en las montañas.
Tenía un perro ovejero llamado Polo,
que le ayudaba a cuidar a las ovejas.

Polo vigilaba a las ovejas
mientras el pastor tejía, sentado
en una roca cubierta de musgo.

Tejía calcetas y bufandas y
suéteres y cobijas hechos de pura
lana de oveja, y los vendía en
el mercado del pueblo.

Cuando el pastor notaba que una oveja
se alejaba demasiado del rebaño,
sacaba un silbato de madera
y daba un chiflido, un chiflido corto.
Ésta era la señal para que Polo
corriera tras la oveja, la persiguiera y
la llevara junto con las otras.

Polo se sentía muy importante
en esos momentos.

Al atardecer, el pastor daba un chiflido largo
con su silbato y esto significaba que Polo
tenía que reunir a las ovejas
y hacerlas entrar al corral.

El pastor las iba contando
mientras saltaban la cerca
para asegurarse
que todas estuvieran ahí.

Todas las ovejas eran blancas, menos una,
la ovejita negra.
Cuando Polo ladraba "Vuelta a la derecha",
"Izquierda" o "Alto"
todas hacían lo que se les ordenaba.
Todas menos una. La negrita
a veces daba vuelta a la izquierda
cuando debía dar vuelta a la derecha,
porque estaba pensando en otra cosa.

Esto a Polo no le gustaba nada.

—¡Esa oveja negra no me obedece!
—se quejaba Polo con el pastor—.
¡Y piensa demasiado!
Las ovejas no necesitan pensar.
¡Yo pienso por ellas!

La ovejita negra soñaba
con ser como las otras.

—Polo se da cuenta cuando me equivoco
porque soy negra —le dijo al pastor—.
¿No podrías tejerme
una chaquetita blanca,
así no llamaría tanto la atención?

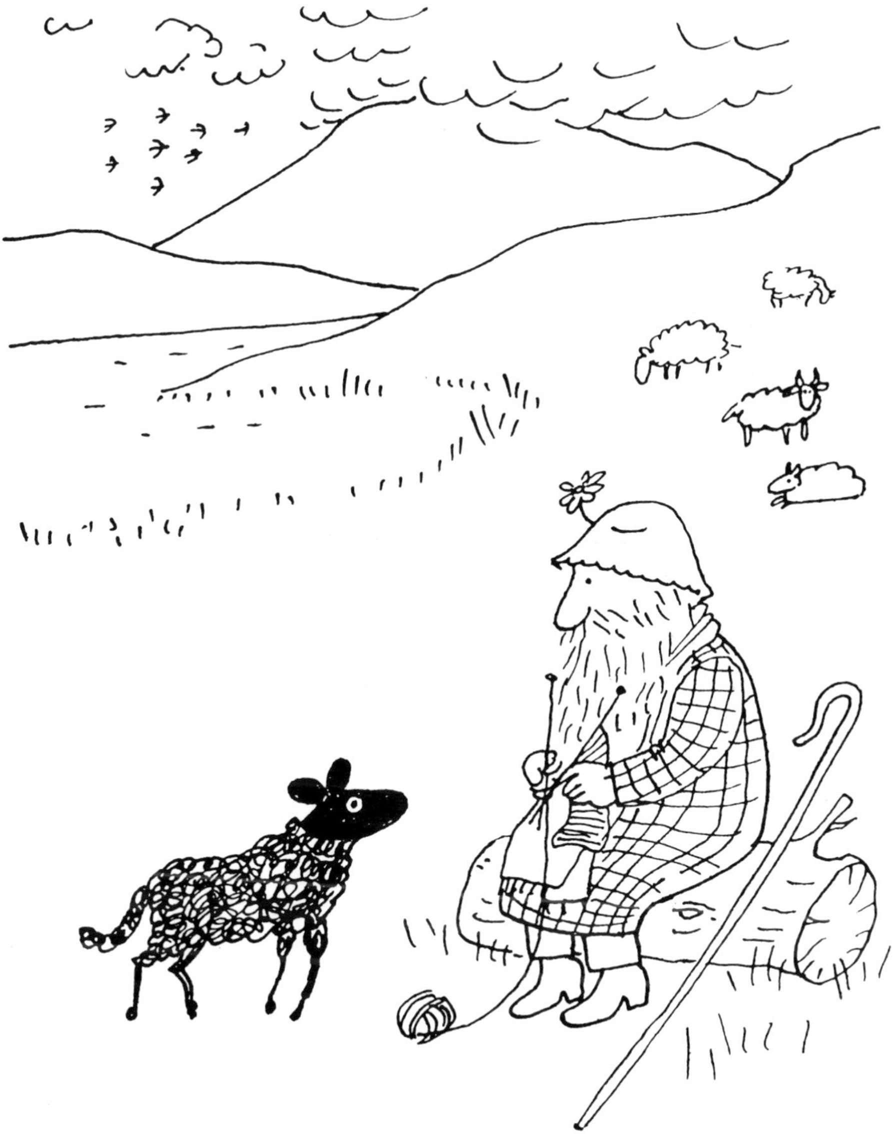

—No, claro que no —contestó el pastor—,
tú eres una ovejita muy especial.
Cuando las estoy contando
mientras entran al corral me da mucho sueño.
Pero siempre me despierta mi ovejita negra
cuando salta la cerca,
sobre todo cuando se tropieza.

Sin embargo, a Polo le gustaba el orden y la disciplina en el rebaño.

—¡Espera y vas a ver! —le decía entre gruñidos a la oveja negra—. Yo me encargo de que te vendan después de la trasquila. ¡Entonces sí vamos a tener un rebaño bien ordenado!

La ovejita negra miraba con añoranza
las blancas y lanudas nubecitas del cielo.
"El pastor dice que son las almas
de las ovejitas buenas", pensaba. " ¡A lo mejor
un día yo también voy a ser
una nubecita blanca!"

Entonces se dio cuenta de que el cielo
se estaba oscureciendo detrás de la montaña.
—¡Va a llover! —gritó.

—¡Yo te diré cuando esté por llover!
—ladró Polo.

De repente estalló la tormenta,
con granizo y nieve y viento.

—¡Se va a arruinar mi tejido!
—exclamó el pastor—.
Corre, Polo,
tenemos que protegernos.

Corrieron hasta la cabaña del pastor.

—Las ovejas van a estar bien. Tienen sus buenos abrigos de lana

—prendió un sabroso fuego para secar sus cosas, y se bebió uno o dos tragos.

Cayó la noche.
—Mañana nos ocupamos de las ovejas
—dijo el pastor.
—No hay de qué preocuparse —contestó Polo—,
se quedarán donde las dejamos,
porque yo no estoy ahí
para decirles lo que tienen que hacer
—y se recostó al lado del fuego.

Mientras tanto, las ovejas se estaban poniendo
intranquilas y nerviosas.

—¿Dónde está Polo? —balaban—.
¿Qué hacemos?

—Tenemos que buscar un refugio
—dijo la ovejita negra—.
¡Síganme! Creo que yo sé dónde
hay una cueva.

Detrás de la oveja negra subieron la colina
hasta unas rocas ahuecadas que formaban
una saliente, como un techo.

—Debemos quedarnos juntitas y
así no nos va a dar frío. Cuando amanezca yo
buscaré al pastor —dijo la ovejita negra.

A la mañana siguiente ya no estaba nevando,
pero hasta donde se alcanzaba a ver
todo estaba blanco, blanco.

—Encontrar a una oveja aquí es como
tratar de encontrar un helado perdido
en el Polo Norte —exclamó el pastor.

—Soy un mal pastor —gimió,
y deseó no haber bebido tanto
la noche anterior—.
¡Ahora ya perdí a mis ovejas!
—¡Yo no sé cómo se las van a arreglar sin mí!
—murmuró Polo.

Entonces vieron una mancha negra
en la cima de la colina.
—¡Polo! —gritó el pastor—,
¡Tal vez es nuestra ovejita negra!
—Y fueron corriendo hacia ella.

Bajo la saliente de la roca
encontraron a todas las ovejas.
¡Cómo se alegraron!
—¡Mi ovejita negra!
—dijo cariñosamente el pastor—,
si no fuera por ti tal vez no habría encontrado
a mi rebaño.

—Bueno, a lo mejor sirve como señal,
aunque sea
—refunfuñó el celoso de Polo.

Salió el sol y la nieve se derritió.
—¡Formen filas! ¡Adelante, marchen!
—ladraba Polo.

El pastor cargó a la ovejita negra y
así bajaron la colina.
—Siempre dije que tú eras una
ovejita negra muy especial —le dijo.

Cuando llegó la época de la trasquila,
el pastor guardó la lana en sacos.
Había diez sacos de lana blanca y un
saquito de lana negra.

—Bueno, y ¿qué tal si vendemos a la oveja
negra? —sugirió Polo—.
Así tendríamos
un rebaño lindo y ordenado.
—¡Claro, que no! —respondió el pastor—,
¡Tengo una idea mejor!

—Puedo tejer unos diseños lindísimos
con lana negra y lana blanca.

Tejió calcetas y bufandas y cobijas blancas
con figuras negras, y las vendió a buen precio
en el mercado.
Con el dinero ganado, compró más
ovejas negras.

Pronto tuvo un rebaño de ovejas
negras y blancas y otras moteadas.

Todas eran diferentes,
y eso estaba bien,
porque ahora todas
eran iguales. ❖

La ovejita negra de Elizabeth Shaw, núm. 36 de la colección
A la orilla del viento, se terminó de imprimir en los talleres
de Impresora y Encuadernadora Progreso, S.A. de C.V. (IEPSA),
Calzada San Lorenzo núm. 244; 09830, México, D. F.
durante el mes de julio de 2003.
Tiraje:10 000 ejemplares.